AF233691

L'ESPRIT
DU SAGE MÉDECIN,
POEME.

L'ESPRIT
DU SAGE MÉDECIN,

POEME.

Par M. DELAUNAY, Docteur en Médecine, &
Membre de plusieurs Académies Littéraires.

Ego fungar vice cotis, acutum
Reddere quæ ferrum valet, exsors ipsa secandi.
Hor. art. Poët.

A PARIS,

Chez MÉRIGOT, Libraire, Quai des Augustins,

M. DCC. LXXII.

AUX ÉTUDIANS EN MÉDECINE.

Soyez mes principaux Lecteurs,
Eleves d'Esculape, agréez cet Ouvrage.
Je n'ai pas cru devoir l'étendre davantage,
Son supplément est dans vos cœurs.

C.

L'ESPRIT

DU SAGE MÉDECIN.

POEME.

Hé quoi ! l'on auroit vu le Dieu brillant des vers,
Célébrer des talens dangereux ou futiles,
Chanter l'art inhumain de dépeupler les villes,
De dévaster les champs, d'effrayer l'univers,
Et ne jamais daigner confacrer la mémoire
D'un Art, qui de (1) fon fils éternife la gloire ;
D'un Art, qui réprimant les fureurs de la mort,
Rend un aimable époux à fon époufe en larmes,
D'une famille en pleurs, diffipe les allarmes,
(2) balance les deftins & tient l'urne du fort.

(1) Efculape, Dieu de la Médecine. Son Art eft de tous, celui fur
lequel la Poéfie s'eft le moins exercée, non qu'il y foit moins propre
qu'un autre ; l'excellent Poëme de M. Geoffroi en eft une preuve bien
récente & bien manifefte, mais parce qu'il n'y a qu'un Médecin qui
puiffe lui faire parler le langage poëtique, & qu'il eft rare que le goût
de la poéfie s'amalgame, fi j'ofe ainfi m'exprimer, avec celui de la
Médecine. Maintenant que l'étude de cette fcience entre pour quelque
chofe dans les plans d'éducation, il eft à préfumer que les Mufes fe
familiariferont plus fouvent avec elle.

(2) Ce vers n'a pas été fait pour ceux qui admettent le fatalifme, ce
fyftême impie ne fut pas inventé à l'honneur de la Médecine, dont les

A

D'Appollons en ce jour l'influence indomptable
Me force à crayonner le portrait vénérable
Des favoris du (3) Dieu par qui, du noir féjour,
Hyppolite revint à la clarté du jour.

MINISTRES révérés du (4) Temple d'Epidaure,
Connoiffez la grandeur de vos nobles deftins,
Le Ciel voulut par vous confoler les humains
Des funeftes préfens que leur a fait (5) Pandore.

SI vous avez à cœur la gloire de votre Art,
(6) Soyez longtems difciple, & produifez-vous tard.

opérations heureufes ou funeftes entreroient dans l'ordre général des décrets du deftin. Quelle horreur ! de ne pas favoir plus de gré à l'homme bienfaifant qui fauve fon femblable, qu'on ne veut de mal au fcélérat qui le détruit, ce qui en eft une conféquence. Faut-il qu'il y ait encore tant de gens intéreffés à ce que le crime foit impuni, & à accréditer de pareilles abfurdités ! On accufe, même vulgairement, les Médecins de donner la plûpart dans ces travers, parce qu'aucun d'eux n'a pu, dit-on, dans fes diffections anatomiques, découvrir l'endroit où réfide l'ame, d'où ils font portés à en nier l'exiftence. Puiffent-ils s'étudier à fe juftifier entiérement de cette accufation populaire, qui avilit leur morale & rend vaines leur connoiffances phyfiques.

(3) Efculape reffufcita Hyppolite maudit par fon pere, & traîné par fes chevaux, & fut lui-même foudroyé pour prix de cette belle action. Si les payens réfléchiffoient fur les abfurdités contenues dans leur Mythologie, qu'elle idée devoient-ils avoir de leurs Divinités ? Les vœux injuftes d'un pere qui profcrit un fils innocent & vertueux font exaucés; un des plus grands Dieux du Ciel a la cruauté de lui prêter fon miniftere ; un demi-Dieu répare l'injuftice de tous les deux, & le Maître des Dieux, par une baffe jaloufie, la juftifie par un coup de foudre. Tant il eft vrai de dire, que ce ne pouvoit être là que la Religion du peuple imbécile & fupeftitieux, & non celle des Philofophes & des gens éclairés.

(4) Confacré à Efculape.

(5) Pandore apporta fur la terre, une boëte qui renfermoit tous les maux de la nature. Cette boëte fut ouverte par la Curiofité, les maux en fortirent pour innonder l'Univers, la feule Efpérance refta au fond.

(6) Que de jeunes gens, après avoir fait de mauvaifes études de Philofophie, quelquefois même d'humanités, vont prendre douze inf-

(5)

(7) Tâchez d'être au-deſſus de votre renommée ;
Si vous ne la devez qu'aux effets du hazard,
Vous la verrez bientôt s'exhaler en fumée.

(8) DE deux moyens douteux de réprimer un mal,
Préférez le moyen que l'uſage accrédite.
S'il n'en peut réſulter qu'un dénouement fatal,
On blâmera le ſort & non votre conduite.

L'HOMME le plus obſcur, le plus ſimple à nos yeux,
Dans ſa ſphere eſt ſouvent plus utile & plus noble,
Que l'homme qui tout fier de ſes titres pompeux,
Souvent ſous un grand nom recele un cœur ignoble.
(9) Vous vous chargeriez donc du plus horrible excès,

criptions dans une Faculté de Médecine, où la diſſipation les ſuit & les
accompagne, & reviennent au bout de trois ans exercer leur Art dans
leurs petites villes, pourvus à peines de quelques formules générales &
de quelques livres qu'ils ne ſont pas à portée d'entendre & d'apprécier.
Ou on les emploie faute d'autre & dans le cas urgens, où ils ſont pré-
ciſément le plus à redouter. Ou ce qui ſe paſſe de nouveau dans l'em-
pire de la Médecine, leur reſte abſolument inconnu. Ou enfin, s'ils ac-
quierent des connoiſſances, qui après une longue ſuite d'années, les
rendent dignes de quelque confiance, c'eſt à force de meurtres & d'erreurs. Trois morceaux de parchemin devroient-ils ſuffire pour avoir droit
d'exercer la Médecine, & ne devroit-on pas aſtreindre de plus les jeunes
gens à s'attacher à un Médecin renommé, & à le ſuivre dans ſes opera-
tions, l'eſpace de quelque tems ?
  (7) Un Médecin qui s'eſt fait une réputation purement de mode ou
de bonne fortune, eſt comparable à un avanturier qui s'eſt produit dans
le monde ſous un beau nom qui ne lui appartient pas, & qui peut à
chaque inſtant être ignominieuſement démaſqué.
  (8) On applaudit beaucoup en général aux Médecins qui multiplient les
expériences, par l'avantage qui peut réſulter de leurs découvertes ; mais
chacun les redoute en particulier, & ſe garde bien de les appeller à ſon
ſecours. Pluſieurs de leurs Confreres même ſaiſiſſent avec avidité ce pré-
texte, pour leur faire donner l'excluſion, & les décréditer dans l'eſprit
de ceux qui ſeroient tentés de prendre confiance en eux.
  (9) Il n'eſt permis de faire d'épreuves douloureuſes que ſur les ani-
maux à nous appartenans, ou ſur des criminels que la juſtice y dévoue,

A iij

Si vous ofiez tenter vos dangereux effais
Sur ces foibles humains, dont l'humble deftinée,
(10) Eft digne du refpect de toute ame bien née.

(11) GARDEZ-VOUS d'effrayer par votre dureté,
Ces refuges ouverts à l'indigence extrême.
J'ai vu des malheureux préférer la mort même,
Au redoutable efpoir d'y trouver la fanté.

(12) NE foyez inhumain qu'avec humanité ;
Et s'il faut employer ces remedes funeftes,

& s'il n'y avoit pas plus à efpérer qu'à craindre de l'effet des expériences, ou qu'elles fuffent de pure curiofité, je ne confeillerois pas à un Médecin d'endurcir fon cœur par de pareilles occupations, & de s'attirer gratis le renom d'homme impitoyable.

(10) Moins vous courez de dangers à outrager quelqu'un, plus il eft indigne & lâche à vous de le faire. C'eft à l'homme public qu'il convient plus particulierement de fe convaincre de l'égalité des conditions, & de fe perfuader qu'il n'en coute pas plus à l'Etre fuprême de créer un grand qu'un berger.

(11) Les pauvres fe perfuadent que dans les Hôpitaux on ne fait nul cas de leurs jours, & qu'ils y font des victimes dévouées à l'inhumanité des gens employés à leur foulagement. Ils n'avoient pas tout le tort dans celui où j'ai vu un Médecin ne leur toucher le ventre qu'avec fa canne, & un Chirurgien fe fervir à leurs yeux de la même fpatule, pour examiner des matiéres, étendre une emplâtre, & délaiyer une poudre dans un bouillon.

(12) On accufe les Médecins d'Hôpitaux d'ordonner trop légérement les amputations ou les opérations périlleufes, lors même qu'il eft évident que le malade n'y furvivra non plus qu'il n'eut furvécu à fon propre mal. Quand il eft défefpéré, eft-il donc abfolument néceffaire qu'il meure des remedes, & ne feroit-il pas de l'humanité de lui épargner cette double mort ? On devroit tourner fa févérité du côté de la diete, qui eft bien ordonnée, mais mal exécutée, & faire fouiller à l'entrée des Hôpitaux tous ceux qui viennent vifiter les malades. Il n'eft pas croyable combien il en meurt de rechûtes, pour avoir mangé trop ou trop tôt, & des mauvais effets des remédes qu'on leur fait prendre de bonne foi dans cet état de plénitude ; ce qui fait tort à l'art, le déconcerte, & peut fouvent faire changer une méthode très-

Qui ne peuvent sauver que d'inutiles restes,
Laissez au moribond, consulté le premier,
La triste liberté de mourir tout entier.

Si vous avez rendu votre Art vraiment utile,
Tel que l'astre du jour qui brille à tous les yeux,
Secourez, s'il se peut, la campagne & la ville ;
(13) Vos talens font le bien de tous les malheureux.

Cliton a du mérite & chacun rend justice
A son zele éclairé pour le salut des grands ;
Mais comme on croit lui voir dédaigner les bas rangs,
Cliton est soupçonné d'orgueil & d'avarice.

Justin, plus charitable & moins présomptueux,
S'attache à l'indigent & seconde ses vœux ;
Mais comme à la faveur de sa conduite obscure,
Il ne se voit jamais blâmé ni contredit,
Lorsque Justin croit suivre une pratique sûre,
Justin fait mille erreurs & toujours s'applaudit.

Probus a de tous deux réuni le systême.
C'est l'homme & non le rang qu'il adopte & qu'il aime,
Et de l'homme à son tour, lui-même révéré,
Plus ses rivaux ont mis son mérite en problême,
Mieux il est reconnu, mieux il est épuré.

Jadis un Philosophe obligeoit la jeunesse,
Dont il formoit le cœur aux Loix de la sagesse,

bonne. Soyez assuré qu'il est très-peu de malades, dans un Hôpital,
qui n'ayent quelques parens ou quelques amis au dehors, qui croient
faire une action louable de leur apporter à contre-tems à boire & à
manger.

(13) Un Médecin dans le physique ce qu'est un Missionaire
dans le moral, un êtr consacré au salut e tous les hommes possibles,
& obligé par état, de eur sacrifier ses plus chers intérêts.

A iv

(8)

De garder plusieurs ans un silence profond.
Eleve d'Esculape, adoptez sa leçon.
(14) Des plus graves secrets, souvent dépositaire,
Parlez plutôt moins bien, & sachez mieux vous taire.
Un fait que vous narrez établit un soupçon,
Et le soupçon conduit aux sources du myftere.

Ayez près du beau sexe une réferve auftere,
Sachez en la bleffant refpecter fa pudeur ;
Et s'il s'eft égaré dans les champs d'Amathonte,

(14) Un Médecin François à la suite d'un Général d'Armée Espagnol, raconta dans le camp, en préfence de plufieurs Officiers, qu'étant peu avant à Saragoffe, il avoit traité des fuites d'une fauffe-couche, une jeune dame, qui pour n'être pas connue, fe mettoit un mafque toutes les fois qu'il venoit la voir, & qui ne lui avoit donné la préférence fur les autres Médecins de la ville, que parce qu'il étoit étranger, & qu'elle avoit appris qu'il devoit inceffamment partir. Il ajouta qu'il l'avoit d'abord foupçonnée d'être la femme d'un Militaire, au coftume d'un portrait d'homme qu'elle portait en braffelet ; mais que c'étoit, fans doute, un habillement de fantaifie, puifqu'il ne voyoit point d'uniforme femblable dans toute l'Armée, & à l'inftant il fe mit à en faire la defcription. Le mari de la dame étoit malheureufement du nombre de ceux qui l'écoutoient. Il avoit refté dix-huit mois prifonnier de guerre, & après avoir été échangé, il avoit rejoint fon Régiment avant de fe rendre chez lui. Dans cet intervalle, fon uniforme avoit été changé, & il ne portoit plus lui-même celui dont étoit revêtu fon portrait ; ce que le Médecin ignoroit parfaitement. Cet Officier étoit un homme jaloux & méfiant, il diffimula cependant ; mais dans d'autres converfations, l'ayant mis fur la même voie, & riant avec lui de l'avanture, il en apprit affez pour croire qu'il pouvoit bien être une des parties intereffées, & pour defirer d'éclaircir le fait par lui-même. Impatient, il partit fur le champ en pofte pour aller trouver fa femme. A la faveur des premiers indices & du trouble où la jetterent les foupçons de fon mari, elle fut convaincue d'une infidélité ; & dans la chaleur des premiers reproches, cet homme furieux lui ayant vu le malheureux braffelet en queftion, il lui abattit le bras d'un coup de damas, s'en faifit, reprit la pofte, fe rendit au camp, alla trouver le Médecin, lui demanda s'il reconnoiffoit ce bras & ce braffelet ; & fans attendre fa réponfe, il lui brûla la cervelle d'un coup de piftolet.

Et qu'il veuille à vos yeux dérober cette erreur,
(15) Aimez à lui laisser le plaisir enchanteur,
De guérir & de croire avoir caché sa honte,
(16) Ou plutot méritez que chacun sans frayeur,
Puisse vous confier sa vie & son honneur.
N'allez pas en Docteur, pompeusement comique,
Hérisser vos discours de grec & de latin;
Dans ce siecle éclairé, cet appareil est vain,
Les sciences n'ont plus d'enveloppe mistique.

(17) ET si votre malade étoit un homme instruit,
Délibérez ensemble, & de votre conduite
Faites-lui concevoir les raisons & la suite :
Pour soulager le corps, tranquilisez l'esprit.

(18) NE lui montrez jamais un air d'incertitude,

(15) Un Maître de l'Art disoit qu'il avoit traité beaucoup d'honnêtes femmes du mal vénérien, mais qu'il n'en avoit jamais trouvé qui l'eussent gagné au même jeu que les hommes. Aussi leur disoit-il, lorsqu'elles tâchoient de lui déguiser leur maladie, prenez toujours ces pilules mercurielles; le mercure est maintenant la panacée universelle. Un Médecin discret doit bien se garder de faire à une malade, dans cet état, des interrogations de pure curiosité, & qui ne tendent point à l'éclairer davantage sur les causes de son mal. On aime beaucoup à se cacher de quelqu'un qui cherche à nous pénétrer, & s'il est entré du mensonge dans le premier aveu que vous a fait une femme, vous pouvez être sûr que tout le reste de son histoire en sera un tissu.

(16) Un Médecin comme un Confesseur, n'est en droit de révéler que ce qu'il sait d'édifiant, & jamais ce qu'il peut avoir appris de scandaleux. Il doit, s'il le faut, être martyre d'un secret confié, & en est responsable à l'ombre même qui réside dans le tombeau. S'il n'en étoit ainsi, quel trouble, quel désordre, ne seroit-il pas à même de jetter dans nombre de familles, qui à la faveur de cette indispensable discrétion, n'auront jamais à rougir des foiblesses & de la turpitude de quelques-uns de leurs ancêtres ?

(17) Les Esculapes de village affectent un air de mystere dans les choses même les plus simples; comme pour faire accroire qu'elles renferment un secret connu d'eux seuls, & qu'il seroit inutile de vouloir songer à se passer d'eux.

(18) C'est la magie des diagnostics, & la promptitude à les bien

Et si son mal demande une profonde étude,
Allez méditer loin du chevet de son lit.

Ne soyez point diffus, encor moins taciturne :
Un trop morne silence attriste un moribon.
Il croit que consterné des apprêts de son urne,
Vous préparez de loin son affreux abandon.

(19) Ce seroit néanmoins trahir son ministere,
Que de lui déguiser, s'il est proche du but,
Qu'il doit se dépouiller des trésors de la terre,
Pour ne plus s'attacher qu'aux trésors du salut.
Hors de là, ne peut-on le soustraire au supplice,
Que le remede encor ajoute à ses dégoûts ?
Qu'on lui sauve du moins l'humeur & le caprice,
(20) Qui semblent distinguer les fameux d'entre vous.

(21) Pourquoi s'approprier la couleur consacrée

saisir, qui caractérise les grands Médecins, c'est vouloir perdre la confiance de ceux qui vous appellent à leur secours, que de paroître ne marcher qu'en tâtonnant. Sans compter qu'il est des cas urgens, où le salut d'un malade est attaché à la seule activité de son Médecin.

(19) Un Médecin fait serment à sa réception d'avertir ses malades, ou leur famille, du péril de mort où ils se trouveront, & de les abandonner même s'ils refusent de recevoir les Sacremens de l'Eglise. Que d'embarras & de procès n'est-il pas à même, outre cela, d'épargner à toute une parenté, quand il a le courage d'avertir à tems un moribond de mettre ordre à ses affaires. Pour quelques femmes qui crientà l'indiscrétion, il a l'approbation de tous les gens sensés, convaincus de la droiture de ses intentions.

(20) Le nombre des Médecins brusques, maussades & impérieux est le dominant. On diroit même qu'ils font tout cela en raison de leur célébrité. Voudroient-ils donc qu'on les mît au nombre des maux nécessaires ?

(21) Le seul aspect de certains Médecins seroit capable d'augmenter la masse des vapeurs de notre siécle. Pourquoi ont-ils adopté le noir comme une couleur d'état ? Un Ministre de la santé devroit-il affecter l'air d'un génie des tombeaux ?

Au deuil qui fe lamente à l'ombre des cyprès ?
Quiconque de la mort fait émouffer les traits ,
Ne doit point affecter de porter fa livrée.

(22) CRAINTE que votre état n'endurciffe vos mœurs ,
Affociez votre Art à la Littérature :
Mais imitez l'abeille & tirez de fes fleurs ,
Le parfum le plus doux , l'effence la plus pure.

OUI , foumettez , vous dis-je , aux graces de l'efprit ,
L'excès de gravité que peut donner l'étude.
Savoir d'un moribon charmer l'inquiétude ,
Eft toujours un remede , & fouvent il fuffit.

IL feroit même heureux qu'aux attraits du génie ,
Vous puiffiez réunir d'agréables dehors.
Si la nature en vous mit ces brillans accords ,
Sachez vous affranchir de l'antique manie ,
(23) Qui femble vous forcer d'en rompre l'harmonie.

VOUS ne fauriez trop plaire au malheureux mortel ,
Que votre main n'arrache à la mort en furie ,
Qu'en abreuvant fa bouche & de pleurs & de fiel.

SI vous êtes vraiment jaloux de votre gloire ,

(22) C'eft une erreur de croire que pour être grand Médecin, il ne faille étudier que la Médecine. Il eft des fciences qui fe tiennent par la main, & qui fe prêtent même un fecours mutuel. Un Médecin Natu-ralifte & bon Phyficien a de grands avantages fur ceux qui ne connoif-fent que notre individu. Il eft effentiel auffi dans tous les Arts de ne pas négliger l'élocution : elle eft pour les fciences ce qu'eft la parure & la toilette pour les femmes.

(23) Je le répete, il eft encore des Médecins qui feroient honteux d'avoir figure humaine, & qui ont un langage, une alure, une maniere de fe vétir & de fe coëfer, qui touche au ridicule par fon fublime & fon affectation.

Affujettiffez-lui vos autres intérêts.
(24) C'eft avilir fon Art & ternir fa mémoire,
Que de vendre en détail des remedes fecrets.

Ne vous taxa t-on point de fraude & d'artifice,
Vos fecrets fuffent-ils des remedes parfaits,
(25) C'eft de meurtres fréquens nourrir fon avarice,
Que de reftraindre ainfi leurs utiles effets.

Enfin l'art de guérir eft inappréciable,
Pour ceux que la fortune a comblé de faveurs ;
Mais qu'il perd de fon prix aux yeux du miférable,
Pour qui la mort n'eft pas le plus grand des malheurs!

(26) C'est donc fur le degré de bonheur & d'aifance,
Qui nous fait plus ou moins chérir notre exiftence,
Que vous devez régler l'honoraire & le prix
Des foins que pour nos jours votre zele aura pris.

(24) Laiffez aux Charlatans le vil commerce des fpécifiques cachés,
& fi vous avez eu le bonheur d'en trouver quelques-uns, ne vous en
ventez qu'en le divulguant. Il ne peut réfulter du myftere que vous en
feriez aucun avantage pour votre fortune capable de vous dédomma-
ger de l'efpece d'ignominie attachée à cet indigne trafic. On n'en a pas
même à efpérer la confiance du peuple, fi fouvent trompé, qu'il met
dans la même claffe tous ceux qui s'annoncent comme poffeffeurs de
médicamens inconnus.

(25) Comment un homme, fûr de l'efficaçité de fon remede, comme
le font tous ceux qui fe difent propriétaires de fecrets, peut-il fe réfoudre
à laiffer périr chaque jour des millions d'âmes, de maladies que d'un
feul mot il pourroit guérir? Point de milieu, ou c'eft un fourbe, ou un
monftre d'inhumanité.

(26) Il eft jufte que ceux qui regardent leur vie comme plus pré-
cieufe que celle du refte des humains, payent plus cher les foins qu'on
en prend, & vous dédommagent en quelque forte, du peu d'avantage
que vous retirez du foulagement de ceux qui n'ont pas le même intérêt
de chérir leur exiftence. Ce n'eft pourtant pas à vous à vouloir apprécier
cet intérêt, & votre zele doit être égal pour la confervation des uns &
des autres.

Eᴛ d'un coup de crayon, achevant la Peinture,
(27) Je dis, pour suppléer à tous les traits omis,
Aimez l'humanité, scrutez bien la nature,
(28) Et vous aurez l'aveu du fils de Coronis.

(27) Une personne du premier mérite, m'écrivit, après la lecture de ce petit Ouvrage, que j'y avois tout prévu & pressenti; mais que je n'y avois pas tout dit. En ce cas, j'aurois atteint mon but, qui est d'indiquer les devoirs principaux d'un Médecin, de lui donner beaucoup à réfléchir sur ses obligations, de lui laisser le mérite de les avoir découvertes lui-même, & de ne pas, par trop de prolixité, entrer dans des détails qui feroient peut être portrait, qui donneroient lieu aux méchans d'en vouloir trouver les ressemblances parmi les Médecins existans, & qui me feroient soupçonner d'avoir voulu faire une satyre.

(28) Esculape étoit fils d'Appollon & de Coronis.

F I N.

A P P R O B A T I O N.

Jᴀɪ lu par ordre de Monseigneur le Chancelier un Manuscrit ayant pour titre : l'*Esprit du Sage Médecin*, par M. Delaunay, Docteur en Médecine, &c. Je n'y ai rien trouvé qui doive en empêcher l'impression. A Verfailles, le 4 Juillet 1772.

L. A S S O N E.

Le Privilége est à la fin des Œuvres de l'Auteur.

De l'Imprimerie de Qᴜɪʟʟᴀᴜ, Imprimeur de LL. AA. SS. MMgrs. les Prince de Conti & Comte de la Marche, rue du Fouarre, à l'Annonc.

Affaire LORTHIOIS Frères

contre

J. LAMY ET Cⁱᵉ

CORRESPONDANCE

LILLE
IMPRIMERIE DUCOULOMBIER ET Cⁱᵉ
45, Rue Nationale, 45

1873

Affaire LORTHIOIS Frères

CONTRE

J. LAMY ET Cie

CORRESPONDANCE

Tourcoing, le 7 Septembre 1871.

Messieurs J. Lamy et Cie,

en ville.

Suivant notre entretien de ce matin, nous nous engageons à entretenir une partie de votre peignage jusque fin Juin, et ce, de la manière suivante :

Nous vous remettrons d'ici fin Janvier la laine au fur et à mesure de vos besoins, pour nous faire au minimum 16,000 kilog. peigné commun et 20,000 kilog. peigné fin, par mois. — A partir de cette époque jusque fin Juin nous ne serons plus tenus à vous remettre de la laine que pour faire 12,000 kilog. peigné commun, et 12,000 kilog. peigné fin par mois. Toutefois, si nous désirions avoir les mêmes quantités que jusque fin Janvier, nous vous en avertirons au commencement de Février et vous vous engagez d'avance à nous les faire.

Il est bien entendu que nous prenons cet engagement à la condition qu'il y ait de votre côté engagement de nous faire la quantité de peigné désignée ci-haut, et un peigné tel qu'il ne souffre aucun reproche. Si vous ne remplissez cette dernière condition, nous pourrions rompre l'engagement et vous réclamer une indemnité à fixer par expert, et pour le peigné mal fait, et pour la rupture de l'engagement dont vous seriez cause.

En outre, cet engagement devant être sérieusement rempli de part et d'autre, il y aura une indemnité de cent francs par chaque jour de retard, à payer par celui qui ne le remplirait pas ponctuellement, de sorte qu'un retard de sept jours dans la livraison, formerait une somme de sept cents francs à recevoir par celui qui n'aurait pas été servi suivant l'engagement. Il y aurait cas de force majeure en cas de guerre, et dans ce cas nous serions encore tenus de vous remettre toutes les laines que nous aurions dans les genres indiqués ci-bas, sans toutefois être tenus à vous donner les quantités fixées ci-haut. Vous nous peignerez les laines fines, aux prix suivants :

Australie	1 15
Montevideo	1 20
Buenos-Ayres	1 25
France lavé et demi-lavé	0 90
France suint finence N° 55.	0 75 et 70 c. le N° 2
Espagne	0 85
Chili-Merinos.	0 70
Métis	0 60

Les laines communes se paieront les prix suivants :

Vauriches.	0 45
Maroc, Varna, Salonique suint et Georgie	0 50
Levant lavé, Constantine et Salonique.	0 60

Quant aux autres laines, nous nous réservons la faculté de vous en remettre à prix débattus entre nous.

Vous remarquerez que nous vous donnons les prix que vous nous demandez, sauf pour les France suints, Espagne et Chili. Les France que nous vous donnerons seront toutes laines percheronnées d'une finesse moyenne. — Vous nous avez fait jusqu'à ce jour des France plus fines et aux prix que nous vous demandons aujourd'hui pour un engagement. Il en est de même des Chili et Espagne. Vous nous avez facturé jusqu'à ce jour, Espagne 0 fr. 80 centimes et Chili 0 fr. 60 centimes.

Quant aux Vauriches, le tarif Morel les porte encore aujourd'hui à 0 fr. 45 centimes.

Pour les Maroc, etc., vous nous aviez demandé jusque ce jour, 0 fr. 45 centimes et nous vous en donnons 0 fr. 50 centimes, jusque fin juin.

Vous devez comprendre que nous ne pouvons prendre un engagement à des prix qui nous mettraient en grande perte lorsque les affaires ne marcheraient pas. Nous vous donnons des prix sérieux et rémunérateurs.

Persuadés que nous marcherons d'accord et attendant votre réponse pour la bonne règle.

Nous vous saluons sincèrement,

Lorthiois Frères.

P. S. — Quoique nous vous donnions 0 fr. 50 centimes pour les Georgie et 1 fr. 25 centimes pour les Buenos-Ayres, vous devrez également nous faire à 0 fr. 45 centimes les 300 balles Georgie que vous avez commencées à charger il y a un mois, — et à 1 fr. 20 centimes les Buenos-Ayres qui sont chez vous. Ce sont les prix convenus pour ces parties.

Toutes vos factures peignage seront payables le 7 du mois qui aura suivi la facture avec 1 1/2 0[0 d'escompte. Les factures remises après le 20 du mois seront valeur du mois suivant, de sorte qu'une facture remise le 21 septembre sera payable le 7 novembre avec 1 1/2 0/0 d'escompte.

Tourcoing, le 11 Septembre 1871.

Messieurs Lorthiois Frères,
en ville.

Nous répondons à votre lettre du 7 courant.

Après mûre réflexion et désireux que nous sommes de ne pas nous charger d'engagements que nous ne pourrions pas exécuter, voici ce que nous vous proposons.

Vous vous engagez à alimenter une partie de notre peignage jusque fin juin 1872, et cela de la manière suivante :

D'ici fin juin 1872, vous nous remettrez de la laine au fur et à mesure de nos besoins pour produire au minimum

12,000 kil. peigné commun

12,000 kil. » fin.

par mois.

Voici les prix de façon réduits à leur plus simple expression et invariables :

Australie	1 15	
Montevideo	1 35	
Buenos-Ayres	1 35	
France lavé et 1/2 lavé	0 90	**Laines**
» suint ne dépassant pas le N° 55. .	0 80	**fines**
Espagne	0 90	
Chili mérinos	0 80	
» métis	0 70	
Vauriches	0 50	**Laines**
Maroc varna	0 55	
Salonique suint et Géorgie.	0 60	**communes**
Levant lavé, Constantine et Salonique lavé.	0 65	

Quant aux laines actuellement dans nos magasins ou en œuvre, de même que pour des parties que vous auriez à nous remettre en dehors des qualités plus haut stipulées, elles forment ou formeront l'objet d'une convention spéciale, sur laquelle nous n'avons pas à insister en ce moment.

Nous ne pouvons accéder à une clause qui vous permettrait, par une appréciation plus ou moins juste de la qualité de notre peigné de nous tenir constamment sous le coup d'une action judiciaire : tout ce que nous pouvons faire, c'est de vous promettre aussi bien, si non mieux, que ce que vous connaissez de nos peignés, mais nous ne voulons pas laisser une porte ouverte à une discussion où tous les avantages seraient de votre côté.

Nous consentons à l'indemnité réciproque, en cas de non-livraison en temps utile, mais cette indemnité ne serait due et exigible qu'à partir du quatrième jour après la fin d'un mois ; c'est une latitude que nous désirons nous assurer.

Il est bien entendu qu'en cas de force majeure, nous ne serions pas tenus à remplir notre engagement ou que nous ne le ferions que dans la limite du possible ; voici les principaux cas :

Guerre,

Bris ou interruption de force motrice,

Grèves,

Enfin tout accident motivant un arrêt dans la marche de notre usine.

Nous marchons d'accord, pour les conditions de paiement.

Dans l'attente de votre réponse, agréez, Messieurs, nos salutations cordiales.

P. J. LAMY ET Cie,

Ach. DELAHAYE.

Tourcoing, le 12 Septembre 1871.

Messieurs LORTHIOIS Frères,

en ville.

Il est bien entendu que, par laines de France en suint, nous entendons non-seulement la qualité n° 1 ne dépassant pas le n° 55 en filature, mais aussi les qualités inférieures composant l'assortiment ordinaire, ainsi que vous nous avez livré dernièrement, soit les n°s 2 et 3.

Jusqu'à complet apaisement sur cette question, nous considérons notre marché comme non-avenu.

Les réticences verbales de votre sieur Félix, nous font craindre une interprétation fausse des termes de notre lettre. Et pour la bonne règle, nous tenons à ne pas vous laisser sur cette impression.

Recevez nos sincères salutations.

P. J. LAMY ET Cie,

Ach. DELAHAYE.

Tourcoing, le 12 Septembre 1871.

Messieurs Lorthiois frères,

en ville.

Voici définitivement les prix auxquels nous nous arrêtons sans y pouvoir rien changer.

Australie	1 15
Montevideo	1 20
Buenos-Ayres	1 30
France lavé	0 90
» suint	0 80 ne dépassant pas N° 55
Espagne	0 90
Chili mérinos	0 75
» métis	0 70
Vauriche	
Maroc	
Varna	0 50
Salonique suint . . .	
Georgie »	
Georgie lavé	0 60
Salonique lavé	

Tous les termes de notre lettre d'hier sont maintenus, sauf pour la qualité du peigné que nous nous engageons à vous livrer loyale et marchande.

L'exécution de notre contrat commencerait lundi prochain.

Les points en litige ayant été discutés, il n'y a plus lieu d'y revenir et nous vous prions de nous fixer ce matin sur la décision que vous allez prendre : refus ou acceptation.

Agréez, Messieurs, nos salutations dévouées.

P. J. LAMY ET Cie,

Ach. DELAHAYE.

Le porteur vous remettra fr. 83,40, différence à la négociation, et le reçu de vos acceptations, ce qui régularise définitivement cette opération.

Nous sommes d'accord sur le contenu de votre lettre d'hier.

De rechef,

A. D.

Tourcoing, le 13 Septembre 1871.

Messieurs JULES LAMY ET Cie.

en ville.

Nous recevons votre seconde lettre du 12 courant et nous regrettons n'avoir pu rencontrer M. Desmaret pour y répondre. Suivant ce que nous avons dit à votre représentant, nous ne pouvons admettre les conditions qu'elle renferme. Votre première lettre du 12 nous fixe vos derniers prix et conditions. Nous les avons acceptés et il n'y a plus à en revenir.

Nous ne vous disons nullement que vous n'aurez jamais de n° 2 France, mais nous ne pouvons vous promettre une proportion exacte, ceci étant matière à chicane. Nous aurions le droit d'après notre marché de vous remettre toute laine ne dépassant pas n° 55 et par le fait tout n° 1, mais veuillez croire que nous agirons dans cette affaire franchement et loyalement. Vous savez d'ailleurs, qu'il y a très peu de n° 2 dans ces laines. Veuillez nous dire enfin que nous marchons d'accord et n'agitons plus des questions qui ont une si minime valeur vis-à-vis de l'importance de notre marché.

Saluts sincères.

LORTHIOIS Frères.

P.-S. — Réponse au porteur S.V.P.

Tourcoing , le 15 Septembre 1871.

Messieurs J. LAMY ET Cie.

en ville.

Nous venons vous rappeler, pour la bonne règle, ce qui a été convenu hier verbalement, afin d'éviter toute discussion possible, sur la quantité de France suint que nous devons vous remettre. Cette quantité a été fixée au minimum à 15 0/0 contre 85 0/0 n° 1. Nous voulons parler des laines France finesse moyenne, dont votre prix façon est 0 fr. 80 centimes.

Outre les quantités que vous vous êtes engagés à nous faire chaque mois, nous comptons sur votre promesse de l'augmenter s'il y a possibilité.

Il est bien entendu que ce que vous ferez en plus en peigné commun et fin, dans l'un ou dans l'autre mois, ne serait pas à défalquer sur les quantités des autres mois, c'est-à-dire que vous vous engagez à nous faire au minimum chaque mois 12,000 kil. peigné commun et 12,000 kil. peigné fin, quand bien même vous nous en auriez fourni plus que cette quantité dans l'un ou l'autre mois. Persuadés que nous marchons enfin d'accord,

Nous vous saluons sincèrement.

LORTHIOIS Frères.

Tourcoing, le 15 Septembre 1871.

Messieurs LORTHIOIS Frères,

en ville.

Nous répondons à votre lettre de ce jour et venons vous dire que nous marchons d'accord sur son contenu, abstraction faite des explications échangées entre votre sieur Floris et l'écrivain.

Agréez nos salutations cordiales.

P. J. LAMY ET Cie

Ach. DELAHAYE.

Tourcoing, le 22 Septembre 1871.

Messieurs JULES LAMY ET Cie,

en ville.

Nous venons vous rappeler la promesse formelle faite par M. Desmaret, soit de nous fournir au plus tard pour le 28 courant le solde peigné de notre lot Montevideo. — Nous venons vous prévenir que si

nous n'avions pas ce peigné pour cette date, nous aurions à vous réclamer 1/2 0/0 sur la valeur de ce peigné, ayant nous même à subir.
cette perte près de notre acheteur , perte qui proviendrait de votre
fait.

Saluts sincères,

Lorthiois Frères.

Tourcoing, 23 Septembre 1871.

Messieurs Lorthiois frères,

en ville.

Nous répondons à votre lettre d'hier. Nous vous serons obligés de
nous dispenser, Messieurs, de menaces qui ne peuvent, vous le savez
très bien, produire d'effet.

Nous avons conclu avec vous, un marché, par lequel nous nous
sommes engagés à une production mensuelle de 24,000 kilog. de peigné
(moitié en laines fines, et moitié en laines communes); ce marché part
du 18 courant, et ce sera le 18 octobre, ou mieux, le 22 ou le 23
octobre, que vous aurez à nous demander compte de notre production.

D'ici là, le désir de vous être agréable nous fera pousser vigoureusement votre lot en manutention, mais il n'y a pas de notre part
d'autre engagement ni d'autre responsabilité que ceux déterminés par
la correspondance échangée à l'occasion de notre marché.

Nous considérons donc comme non-avenue, votre lettre d'hier, tout
en tenant compte de votre désir d'avoir le plus tôt possible le rendement
de votre lot Montevideo.

Recevez, Messieurs, nos salutations cordiales.

P. J. Lamy et Cie,

Ach. DELAHAYE.

Tourcoing, le 23 Septembre 1871.

Messieurs J. LAMY ET Cie,

en ville.

Nous recevons la vôtre de ce jour. Nous admettons que vous ne soyez pas tenus à nous donner l'indemnité que l'on nous réclame, si notre lot Montevideo n'est pas terminé pour le 28 courant, mais vous vous êtes engagés de finir ce lot pour cette époque, et nous y comptions.

Vous nous dites encore, par votre lettre de ce jour, que vous faites pousser vigoureusement notre lot en manutention, et nous savons qu'il est arrêté depuis un certain temps. Nous vous demandons si cette conduite doit nous satisfaire. Veuillez croire que nous en sommes des plus contrariés. — Vous nous avez fourni environ 6,000 kilos peignés fins, cette semaine, mais vous nous avez assuré le 16 courant que vous aviez environ 6,000 kilos faits. Vous ne nous avez donc pas encore peigné un kilo depuis notre marché. Vous aurez donc à nous peigner d'ici le 18 octobre au minimum, 12,000 kilos peignés fins, et 12,000 kilos peignés communs. Vous n'avez pas jusqu'au 22 ou 23 octobre pour les livrer, mais seulement jusqu'au 21, et si vous ne livrez pas au plus tard ce jour-là, nous suivrons rigoureusement les termes de notre marché, l'indemnité nous étant due le 4e jour, et chaque mois commençant le dix-huit.

Veuillez commencer immédiatement le lot Montevideo que vous avez coupé en peignage.

Saluts sincères.

LORTHIOIS Frères.

P.-S. — Evitez-nous cette correspondance désagréable et faites nous oublier ces désagréments et difficultés en augmentant actuellement la quantité du peigné que vous devez nous faire. C'est d'ailleurs la promesse que vous nous avez faite.

L. F.

Tourcoing, le 16 Octobre 1871.

Messieurs J. Lamy et Cⁱᵉ,

en ville.

Nous venons vous rappeler pour la bonne règle nos conventions verbales. En dehors du marché qui vous engage à livrer le 18 de chaque mois 24,000 kilos peigné, vous vous êtes engagés à nous livrer en plus que cette quantité dix-huit mille kilos peigné France croisé, et ce pour le 18 octobre. Le prix a été fixé à 0 fr. 85 centimes pour ces dix-huit mille kilos seulement. Il est bien entendu que vous nous devrez une indemnité de cent francs par chaque jour de retard si vous ne remplissiez pas cet engagement. Nous aurions la même indemnité à vous allouer si nous ne vous avions pas remis pour le 16 novembre toute la laine brute à faire cette quantité.

Pour cette indemnité réciproque, ainsi que pour l'indemnité également fixée pour notre marché qui prend cours du 18 septembre, il a été convenu qu'il ne devra pas y avoir à cet effet, une mise en demeure, l'indemnité étant due par ceux de nous qui ne rempliraient pas ponctuellement leurs engagements.

Toutefois, suivant votre désir, exprimé par votre lettre du 11 septembre, l'indemnité ne sera due et exigible qu'à partir du 4ᵉ jour de retard. C'est une latitude dont nous devons user l'un et l'autre le moins possible. Persuadés que nous marchons d'accord, nous vous saluons sincèrement.

LORTHIOIS Frères.

Tourcoing, le 16 Octobre 1871.

Messieurs LORTHIOIS Frères,

en ville.

Nous sommes parfaitement d'accord relativement au marché de 16 à 18,000 kilos de peigné à façon (croisé de France) que relate votre lettre de ce jour.

JULES LAMY ET Cⁱᵉ.

Tourcoing, le 17 Octobre 1871.

Messieurs JULES LAMY et Cⁱᵉ,

en ville.

Comme vous n'avez eu qu'un seul numéro de lot pour les Champagne triées, et que vous n'en avez eu aucun pour les Montevideo que nous vous avons achetés, veuillez prendre note de nos numéros de lot :

Lot 2379	Champagne N° 1	
2379 *bis*	Champagne N° 2	
2417	Champagne pailleux	
Lot 2411	Montevideo Mⁿᵒˢ	
2411 *bis*	»	1ᵃ
2411 3°	»	3ᵃ

Veuillez dire au porteur, si vous n'avez pas encore fini les lots

En laine commune, lot 2399 Salonique lavé N° 1

2369 Maroc lavé

2365 Plys France

2389 Vauriches

En laine fine, 2396 Montevideo

2387 Prime N° 2 France

Lot 2379 Champagne N° 1 ou 2411 Montevideo Mⁿᵒˢ

Nous devons avoir tous ces lots finis avant la fin de la semaine au plus tard, afin d'avoir les quantités que vous vous êtes engagés à faire.

Nous venons vous rappeler que si tous ces peignés ne nous étaient livrés samedi soir, vous aurez à nous créditer de cent francs par chaque jour de retard. — C'est une indemnité à laquelle nous tiendrons d'autant plus que vous nous avez lésés de beaucoup, en arrêtant, il y a un mois, deux lots qui étaient en train et que nous avions vendus. En plus, nous tenons avant tout au principe de respecter un marché fait, et ce, suivant toutes les conditions.

Saluts sincères.

LORTHIOIS frères.

P. S. — Ne pourrions-nous encore savoir combien de balles 4ᵉ il y a dans notre lot Montevideo. En ce cas, veuillez donner les Nᵒˢ de ces balles. Prendre les numéros rouges.

Tourcoing, le 7 Novembre 1871.

Messieurs JULES LAMY et Cie,

en ville.

Nous venons vous rappeler que vous ne nous avez pas encore livré les 24,000 kilog peigné, que vous deviez nous livrer au plus tard le 21 Octobre. Vis-à-vis de notre marché sérieusement fait, nous comptions que vous l'auriez exécuté ponctuellement.

Son inexécution nous fait perdre plus que l'indemnité que vous nous devez journellement.

Vous nous avez dit que le lot 2399 devait se terminer à vos machines aujourd'hui. Comme nous vous avons vendu ce lot, veuillez le faire conditionner en bobines en votre nom et au notre. Ce lot termnié, vous n'aurez pas encore fourni la quantité de peignés fins, En effet, vous nous avez livré : Lot 2396   6600 kilog.

            2387   2378   »

            2379 *bis*   1281   »

                     10259 kilog.

Quand nous portons 6,600 kilog. pour le lot 2396 c'est même exagéré, puisque, le 16 Septembre, vous mettiez la 100° balle au lavage. Nous devrions donc avoir avant l'exécution du marché, le produit de 100 balles de ce lot, et ce suivant votre promesse formelle. Espérant que vous serez plus exact ce mois-ci, et que vous n'aurez plus d'indemnité à nous payer,

Nous vous saluons sincèrement.

LORTHIOIS frères.

Tourcoing, le 13 Novembre 1871.

Messieurs JULES LAMY et Cie,

en ville.

Nous recevons votre mémorandum que nous ne comprenons pas.

Nous vous demandons si la bobine provient du lot 2411 ou du lot 2411 *bis*. Vous nous répondez qu'elle provient de notre lot 2411 prima Montevideo. Notre lot 2411 est notre lot mérinos Montevideo. Notre lot 2411 *bis* est notre lot prima. Vous nous aviez dit que vous auriez commencé par ce dernier lot.

Nous avons besoin de savoir par le porteur si c'est le lot mérinos ou prima que vous avez commencé.

Nous vous rappelons que vous devez nous livrer pour le 18 courant :

Laine commune	lot 2367	Georgie
	2366	»
	2368	»
Laine fine	lot 2411	Montevideo
	2411 *bis*	»
Solde	lot 2379	Champagne
	2386	Prime France
	2388	N° 1 France
	2432	Champagne suint

Il nous faut ces lots immédiatement.

Saluts sincères,

LORTHIOIS frères.

Tourcoing, le 18 Novembre 1871.

Messieurs J. LAMY et Cie,

en ville.

Nous vous confirmons notre lettre du 7 courant.

Nous avons reçu, en laines peignées :

Gros,	Lot 2369	2310	kilog.
	2365	2162	»
	2399	1604	»
	2389	2710	»

Et vous avez remis au conditionnement le 7 novembre :

Lot 2399	5383	»

14169 kilog.

Enfin vous avez livré au 7 novembre 10259
Et vous avez fourni le 10 novembre 1707

11966

Ainsi, la quantité en gros que vous deviez nous fournir au 21 octobre, dernier délai, n'a été complétée que le 7 courant ; et le fin ne l'a été que le 10 courant.

Suivant nos conventions, vous nous deviez une indemnité de 100 fr. par chaque jour de retard ; soit pour 20 jours au 10 novembre, fr. 2,000, que nous porterons au débit de votre compte.

Vous voyez d'un autre côté, qu'aujourd'hui 18 novembre, vous ne nous avez pas livré un seul kilog. des 12,000 kilog. de fin, et qu'il ne reste que 2,169 kilog. à compter sur les 12,000 kilog. gros que vous devez, sous les mêmes conditions, nous livrer aujourd'hui.

Nous comptons que vous n'allez plus vous mettre dans le même cas que le mois passé ; et nous faire aujourd'hui les livraisons exigibles pour le second mois de notre marché.

Veuillez commencer par conduire tout de suite au conditionnement en notre nom et au nom de M. Edouard Bodin, de Roubaix, le solde du lot 2379, n° 1 Champagne ; et après pesage, remettez le peigné chez Christory et Cⁱᵉ.

Nous remettons ce matin au conditionnement ce que nous avons de ce lot, en annonçant le solde comme arrivant de chez nous.

Veuillez agréer, nos saluts sincères,

P. Lorthiois frères,

H. BESÈME.

Veuillez livrer chez Weuz et Gosset, les blouses au lot 2379, et les ressacs chez nous.

Tourcoing, 18 novembre 1871.

Messieurs Lorthiois frères

en ville.

Nous recevons votre lettre de ce jour, et, en réponse, nous espérons que vous voudrez bien dans la journée la désavouer formellement, quant à l'indemnité que vous nous réclamez.

Nous ne supposons pas que vous ayez l'intention de jouer au plus fin avec nous : le cas échéant, nous nous verrions dans l'obligation de rompre des relations qui s'établissent sur des bases semblables.

Recevez, nos salutations empressées,

J. LAMY et Cⁱᵉ.

P. S. — Vous savez aussi bien que nous, que vous n'avez rien à nous réclamer pour nos livraisons du mois dernier, et, ainsi que nous vous le disons plus haut, il serait fort désagréable d'être toujours sous le coup de vos retours offensifs.

J. LAMY et Cie.

Tourcoing, 1er décembre 1871.

Messieurs J. LAMY et Cie.

en ville.

D'après notre lettre du 18 novembre, vos livraisons au 10 novembre soldaient la quantité de fin à livrer pour le 21 octobre et laissaient en gros, un excédant de 2169 kilog. sur les livraisons 21 octobre-21 novembre.

Voici le relevé de vos livraisons depuis :

FIN

14 Novembre Lot 2411 *bis*		9 600
22 » » d°		3914 600
23 » » 2379		6 800
» » » 2411 *bis* 2432		19 500
22 » » 2379		2606 »
1er Décembre Lot 2432		3438 »
		9994 500

GROS

Solde relevé le 18 Novembre		2619 »
14 id. Lot 2366		10 200
23 id. » »		358 800
23 id. » »		185 »
24 id. » »		4143 700
24 id. » 2367		8 800
27 id. » 2366		1289 »
		8164 500

Comme nous en sommes convenus verbalement ce matin, nous annulons les factures que vous nous avez remises pou le peignage des lots 2379 et 2379 bis et nous vous créditons comme suit :

Lot 2379 *bis*	1281			
» 2379	4327 4	5608 4 à 20 fr.	1121 70	
		E^{te} 1 1/2 %.	16 85	
			1104 85	

Nous disons net onze cent quatre francs 85 c.

Nous vous confirmons notre lettre de cet après-midi, relative à la livraison à faire à M. Henri Wattine et, dans l'attente de vos notes, nous vous saluons sincèrement

P. LORTHIOIS frères,

H. BÉSÈME.

Tourcoing, le 2 décembre 1871.

Messieurs J. LAMY et Cie,

en ville.

Nous recevons facture à notre lot 2432.

La facture porte 1036-500 blousses, et la note d'expédition à M. Henri Wattime porte le même poids. N'avez-vous pas fait de ressacs dans cette partie ? Contrairement, indiquez-nous les numéros afin de faire reprendre les balles chez M. Henri Wattine. S'ils sont chez vous, veuillez nous en indiquer le poids. Réponse au porteur.

Saluts sincères,

LORTHIOIS Frères.

P. S. Indiquez-nous les lots fins aux machines, et donnez-nous une bobine de chaque lot.

Nous vous rappelons, que vous devez nous livrer pour le 18 courant 32000 kilogs peignés fin.

Ne vous mettez plus dans le cas d'avoir des indemnités à nous allouer par suite du retard.

L. F.

3

Tourcoing, le 28 décembre 1871.

Messieurs Jules Lamy et Cie.

en ville.

Nous venons vous confirmer pour la bonne règle nos conventions verbales du 18 courant et relatives à la production du peigné que vous deviez nous livrer à ladite époque et le 18 du mois prochain, et ce, au fur et à mesure de votre production et sous peine d'une indemnité de 100 francs par chaque jour de retard, sans qu'il y ait aucune mise en demeure. Pour vous êtes agréables nous renoncerons à cette indemnité à la condition 1° que pour fin janvier au plus tard, nous ayons été livrés au fur et à mesure de votre production, de toutes les quantités que vous deviez nous livrer jusqu'au 18 janvier d'après notre marché ; 2° que nous soyons livrés intégralement le 18 février des quantités que vous devez nous faire du 18 janvier au 18 février et qu'à partir de cette époque jusqu'au 18 juillet, vous nous fassiéz chaque mois six mille kilos peignés fins en plus que les 12000 kilos spécifiés dans notre marché et suivant les conditions et prix dudit marché.

Il a été expressément convenu que si vous ne remplissiez ponctuellement ces engagements vous aurez à nous allouer l'indemnité suivant les termes de notre marché et ce depuis le 18 courant et jusqu'à parfaite livraison : sans que vous ne puissiez en aucun cas, rompre l'engagement de nous faire six mille kilos peignés fins en plus à partir de l'époque fixée ci-haut. Persuadés que nous marchons d'accord.

Nous vous saluons sincèrement,

Lorthiois Frères.

P.-S. — Nous attendons avec impatience, une bobine de nos Georgie piqué.

Nous vous rappelons également, qu'il est temps que vous mettiez nos lots fins en train. Vous nous avez d'ailleurs promis qu'il y aurait eu dès le principe un assortiment marchant pour nous continuellement et que vous auriez mis les autres dans le commencement du mois prochain. Suivez donc vos engagements afin de n'avoir pas à vous débiter d'aucune indemnité.

L. F.

Tourcoing, le 9 Février 1872.

Messieurs LORTHIOIS frères,

en ville.

Ainsi que notre sieur Desmaret vous le disait hier, nous manquons de laines pour notre assortiment de commun. Il se trouve bien en magasin, à vous appartenant, des Salonique et Georgie ; mais d'un commun accord, et dans votre intérêt, comme proportion de blousses et propreté de peigné, dans le nôtre comme production, il a été depuis longtemps convenu que nous devions attendre pour le travail des dites laines une machine ouvreuse en cours de construction chez MM. Deletombe et Grolez. Veuillez donc nous faire l'amitié de diriger sur notre peignage tout ou portion des laines de Maroc que vous auriez pu destiner à un concurrent sans doute plus encombré que nous.

Vous remerciant à l'avance, nous vous présentons, Messieurs, nos sincères salutations.

P. J. LAMY ET Cie,

A. BINET.

Tourcoing, le 12 Février. 1872.

Messieurs JULES LAMY ET Cie.

en ville.

Nous avons vos lettres des 10 et 9 courant.

Les explications que vous nous donnez pour le manquant constaté au poids du lot 2435, loin de justifier la différence, que nous vous avons signalée, rendent ce déficit plus étrange. — Si vous nous avez fait comme vous dites, la facture d'après les pesées partielles, il est d'habitude que la pesée totale en bloc donne un bon poids sur l'addition des pesées partielles, et c'est le contraire qui se produit dans le cas présent !

Nous verrons la suite à donner à cette petite affaire à la réception du bulletin de conditionnement.

Quant à votre lettre du 9 courant, nous ne sommes nullement d'accord sur son contenu : nous vous avons bien autorisés à commencer nos Maroc avant nos Salonique et nos Georgie, si cela pouvait convenir à votre facilité ; mais nous n'avons nullement consenti à attendre des machines, que vous n'aviez pas, pour nos Salonique et Georgie. Si les Maroc ne suffisent pas à vos machines, il y a à peigner ces Salonique et Georgie ; et dans tous les cas, notre lettre du 28 décembre vous donne les quantités et échéances pour lesquelles vous devez nous livrer. Vous pouvez voir par la note ci-jointe, jusqu'à quel point vous êtes sortis de nos conventions ! Ces conventions restent et demeurent entières, et nous vous demandons à quel point vous en serez au 18 février courant ?

Vous nous parlez de vos concurrents qui seraient plus encombrés que vous : nous vous dirons que ces concurrents, plus ou moins encombrés, mais peigneurs bien connus, nous livrent bien plus vite que vous.

Nous tenons à ce qu'il n'y ait aucun malentendu ; c'est pourquoi nous vous rappelons dans tout son contenu, notre dite lettre du 28 décembre dernier.

Messieurs Mériaux et Marsy nous menacent de l'huissier pour obtenir la livraison de notre lot 2416 : quand donc le livrerez-vous ?

Recevez, Messieurs, nos saluts sincères.

P. Lorthiois Frères,

H. BESEME.

P.-S. — Nous vous prions de vous en rapporter à notre marché dans toute son exactitude : car nous devrons vous réclamer, outre l'indemnité prévue, une autre indemnite beaucoup plus grande, en rapport avec les dommages que vous nous causez.

H. B.

RELEVÉ des livraisons de peigné faites par MM. J. LANY ET Cⁱᵉ, sur nos marchés de façon à livrer depuis le 18 Octobre dernier.

COMMUN

1° Suivant relevé au 1ᵉʳ Décembre.			8164 500
Reçu 2 Décembre, lot 2367			3457 300
»	»	» »	183 »
»	19 Janvier,	» 2429	7 800
»	27 »	» »	2244 200
»	29 »	» »	1614 600
»	26 »	» 2462	7 500
»	1ᵉʳ Février	» 2435	7 500
»	9 »	» »	2578 »
			18264 400

FIN

1° Relevé au 1ᵉʳ Décembre			9994 500
Reçu 9 Décembre, lot 2397			8 200
»	18 »	» 2411	8 500
»	» »	» 2397	3377 300
»	6 Janvier,	» 2411	8 600
»	12 »	» »	2916 300
		S. E. O. O.	16313 400

Les quantités fixées à livrer jusqu'au 18 Février étaient :

Commun   4 mois du 18 Octobre au 18 Février   48000 kilᵒˢ.

Fin   »   »   »   48000 »

Plus une quantité de 18,000 kilos de fin, supplé-
mentaires, suivant convention du 16 Octobre
dernier, livrable pour le 18 Décembre dernier,   18000 »

Commun   48000   Fin   66000 »

Tourcoing, ce 12 Février 1872.

De chez LORTHIOIS Frères.

Tourcoing, le 12 Février 1872.

Messieurs LORTHIOIS Frères,

en ville.

Nous avons, Messieurs, votre lettre de ce jour.

Pour le lot 2435 comme pour tous les lots que nous manutentionnons, nous ne pouvons donner que ce que le peignage nous permet de donner.

Quant à vos lots de Salonique et de Georgie, l'écrivain de votre lettre de ce jour, ignore sans aucun doute les conversations et les conventions verbales et récentes qui se sont établies entre nous, et nous ne supposons pas que l'un de vous ait la pensée de nier l'autorisation qui nous a été donnée à plusieurs reprises et que nous refuse votre lettre de ce jour.

En vérité, Messieurs, nous ne voulons pas plus que vous établir des malentendus, mais il nous peine de voir que toujours votre langage officiel soit si peu d'accord avec les pensées que vous nous exprimez lorsque vous nous faites l'honneur de nous visiter.

Nous faisons appel à votre loyauté, Messieurs, et nous vous demandons :

Est-il vrai que, dans une entrevue récente, nous vous avons demandé, dans votre intérêt et dans le nôtre, d'attendre pour passer vos Georgie et vos Salonique que nous ayons reçu la machine ouvreuse que nous construisent MM. Deltombe-Grolez et Cie, et que cette autorisation nous a été accordée.

Est-il vrai que, en vous disant : nous allons vous faire, ce mois-ci, tel, tel et tel lot, que vous vous soyez déclarés satisfaits, en ajoutant : Oui, si vous faites ces parties, nous ne vous dirons rien ; mais dans le cas contraire, nous nous montrerons sévères et exigerons l'exécution entière de vos engagements ?

Et, si cela est vrai, pourquoi venir aujourd'hui, que nous nous exécutons, venir nous dire le contraire et nous faire supposer que, malgré tous nos efforts, toute notre bonne volonté, et quoique nous fassions, vous entendez n'en tenir aucun compte, pour nous réclamer une indemnité que vous deviez avoir abandonnée ?

Nous vous avons promis de vous faire vos lots 371, 300, 302, 370, 389, 390 en totalité et votre lot 408, Montevideo en tout ou partie.

Ceci en dehors de vos laines communes qui, nous vous le répétons, sont passées au fur et à mesure de leur arrivée.

Les bases que nous vous citons là, sont bien celles qui ont présidé à la transaction verbale intervenue entre nous, n'est-ce pas?

Et s'il en est ainsi, n'ayons pas d'arrière-pensées; marchons une bonne fois d'accord et de confiance.

Après demain mercredi matin, nous pourrons expédier votre lot de France, à MM. Mériaux et Marcy.

A défaut d'autres laines communes, nous passons vos deux petits lots de Salonique en suints, et, encore une fois, en attendant que nous puissions faire vos Georgie, fournissez-nous des Maroc, Vauriches, ou autres laines similaires, et nous vous promettons qu'elles ne reposeront pas en magasin.

Vos bien dévoués,

J. Lamy et Cⁱᵉ.

Tourcoing, le 14 Février 1872

Messieurs Jules Lamy et Cⁱᵉ,

en ville.

En réponse à votre honorée lettre du 12 courant, par laquelle vous répondez à la nôtre de même date, nous ne pouvons que vous confirmer celle-ci.

Il est un point qui domine nos explications verbales, et auquel celles-ci n'ont porté aucune atteinte : c'est que votre marché demeure intact. A différentes reprises, vous nous avez demandé de l'indulgence pour l'application de l'indemnité qui est la sanction de ce marché, et chaque fois, nous avons promis d'être indulgents, mais sous des conditions qui étaient ou qui sont à observer.

C'est dans ce sens que vous a été écrite notre lettre du 28 Décembre dernier.

Depuis, nous reconnaissons bien vous avoir dit que si nous étions livrés pour le 29 courant de la *totalité* (et non *de parties*, comme vous le dites), de nos lots 2386, 2388, 2415, 2416, 2430, 2431 et 2443, nous ne vous aurions pas réclamé l'indemnité que vous reconnaissiez nous devoir pour les mois précédents, pourvu que vous continuiez à nous fournir après fin Février, 24000 kilos de fin par mois, jusqu'à ce que ces livraisons nous aient ramené au pair avec les quantités et époques prévues par le marché. De plus, toutes vos machines devaient dans cette transaction (toutes vos machines pour peigné commun), devaient, à partir du 15 courant, travailler tous nos lots communs sans interruption.

Mais si, cette fois encore, vous manquiez à la condition que nous avons posée à cette transaction, il en résulterait, par le fait, que notre premier contrat seul devrait régler notre situation l'un vis-à-vis de l'autre.

Dans ce cas, que nous redoutons de voir se réaliser, la bonne volonté que nous avons mise jusqu'à présent à nous montrer conciliants et indulgents sera une raison de plus pour que, comme nous vous le disions le 12 courant, nous vous réclamions non-seulement l'indemnité prévue, mais une autre indemnité bien plus considérable, et pour les intérêts des marchandises que vous détenez, et pour la perte qui pourra résulter de notre mévente en temps utile.

Vous voyez, par notre relevé du 12 courant, que sur 66000 kilos de peigné fin exigibles jusqu'au 18 courant, vous en avez livré 16000 : franchement, y a-t-il, dans la comparaison entre ces deux chiffres, de quoi nous tranquilliser sur votre bonne volonté, sur tous vos efforts ?

Rien ne peut expliquer un tel écart, et nous ne sommes pas assez peu soucieux de nos intérêts pour avoir jamais songé à renoncer aux droits que nous donnent les clauses de notre compromis.

Nos conversations verbales, pas plus que notre langage officiel, ne vous ont jamais autorisés à supposer une telle chose ; c'est pourquoi, dans votre intérêt comme dans le nôtre, nous vous rappelons une fois de plus que, jusqu'ici, il n'y a eu de notre part que suspension, mais non abandon, de la mise à exécution dudit contrat. A vous de remplir les conditions auxquelles est subordonnée notre décision ultérieure.

Veuillez agréer, Messieurs, nos salutations sincères.

P. Lorthiois frères,

H. BESÈME.

Tourcoing, le 15 Février 1872.

Messieurs Lorthiois Frères,

en ville.

Nous venons répondre à votre honorée lettre d'hier arrivée ici en l'absence de l'écrivain.

Nous regrettons vivement de n'avoir pas vu M. Floris, car il est grand temps d'en finir avec la correspondance difficile (trop difficile pour nous) que nous échangeons depuis quelque temps.

Nous sommes négociants, et non avocats, et nous aimons écrire pour élucider, pour dire la vérité, et non pour équivoquer, ou établir, en vue de l'avenir, et s'ils n'étaient pas relevés, des précédents que l'on pourrait invoquer.

Nous n'avons point contesté que, en droit strict, vous pouviez nous réclamer, à l'occasion de nos retards, l'indemnité que stipule notre marché, et nous reconnaissons volontiers que si, jusqu'ici, vous ne l'avez pas fait, c'est sur notre demande, et parceque nous vous promettions de rattraper le temps perdu.

Cette promesse, nous vous la faisons encore et c'est elle qui a déterminé la transaction que notre lettre du 12 courant invoquait.

Vous n'aurez pas à regretter de vous être montrés conciliants, nous vous le réitérons.

Mais, votre lettre du 14 courant émet des prétentions complétement étrangères à nos conventions et à notre marché, et c'est contre ces prétentions que nous venons protester aujourd'hui, tout en vous manifestant l'étonnement que nous éprouvons de vous les voir soulever.

Non seulement, dites-vous, vous auriez le droit, si certaine éventualité se réalisait, de nous réclamer l'indemnité prévue, mais encore une seconde indemnité bien plus considérable, et pour les intérêts des marchandises que nous détenons, et pour la perte qui pourrait résulter d'une mévente en temps utile.

Il y a là une énormité telle que nous ne tenterons même pas de la détruire (ces choses là tombent d'elles-mêmes); mais nous devons vous dire que si, malgré le peu de sérieux d'une semblable prétention, vous avez l'intention de modifier aussi profondément les bases de notre entente, la défense bien entendue de nos intérêts nous forcera à couper court à tout travail pour votre compte.

Oui, il est indispensable que vous retiriez dès aujourd'hui cette menace que nous ne voulons pas laisser vivre 24 heures et que vous nous disiez carrément ce que vous comptez faire.

De votre réponse dépendra notre attitude et notre manière d'agir, et nous espérons encore que cette réponse nous permettra de remplir complétement et loyalement nos engagements vis-à-vis de vous.

Agréez, Messieurs, nos plus dévouées salutations.

J. Lamy et Cie.

Tourcoing, le 25 Mai 1872.

Messieurs Lorthiois Frères,

en ville.

Nous avons besoin, Messieurs, de connaître vos intentions au sujet de notre peignage.

Votre remise de laine fine est aux machines, et, si vous ne devez plus nous en remettre, il vaudrait mieux le déclarer de suite, afin que nous prenions nos mesure d'un autre côté.

Nous espérons que vous nous honorerez d'une réponse et nous vous présentons, Messieurs, nos salutations sincères.

J. Lamy et Cie.

Tourcoing, le 27 Mai 1872.

Messieurs J. Lamy et Cie,

en ville.

Nous avons bien reçu la votre du 25 courant.

Vous faites erreur en disant que notre dernier lot laines fines est en machines. Suivant ce que nous vous avons dit plusieurs fois, vous devez nous fournir les peignés au fur et à mesure que vous les avez finis, et nous n'avons pas encore reçu les lots laines fines 2430, 2444, 2479, 2480 et 2486; les lots laines communes 2484, 2485, 2487, 2488, 2489.

Nous sommes pressés de tous ces lots et particulièrement du lot laine commune 2487 et du lot laine fine 2486.

Veuillez soigner le peignage de ces laines, et surtout, donnez-nous un peigné propre.

Quant à vous remettre d'autres laines, nous ne le ferons pas avant que vous ne nous ayez peigné tous ces lots, et alors nous discuterons les prix; et l'indemnité que vous nous devez pour retard dans la production devra être supérieure, cette indemnité ne comprenant même pas l'intérêt. En un mot, nous voulons une indemnité telle que vous ne puissiez plus vous mettre en retard à notre égard. Qu'est-ce en effet, que l'indemnité que vous nous devez, par rapport aux cent cinquante mille francs que nous perdons par suite du retard dans votre production.

En plus, nous voulons avant tout que vous ne mettiez aucune matière étrangère dans notre laine, particulierement la glycérine, et que vous soyez responsables de toutes les réclamations que nous aurions à cet égard.

Si vous acceptez ces bases, veuillez nous repondre, nous ferons préalablement un marché nouveau.

Saluts sincères.

Lorthiois frères.

Tourcoing, le 30 Mai 1872 (1).

Messieurs Lorthiois frères

en ville.

Nous vous adressons échantillon des lots 2484 et 2486.

Nous en eussions eu davantage à vous adresser et nous vous aurions même remis le rendement de ces deux lots, si depuis le commencement de cette semaine, notre peignage n'était arrêté par une grave avarie à notre machine. Nous espérons reprendre demain matin.

---

(1) Cette lettre, du 30 mai en réalité, ne porte pas de date.   L. F.

Ainsi que nous vous l'avons dit, nous n'avons plus en magasin un seul lot de laines fines et nous ne faisions nullement erreur en vous l'affirmant par notre lettre du 25 courant. Nous avons bien en effet à vous les 5 lots de laines fines que vous nous précitez, mais ils sont tous en œuvre, et quelques-uns sont terminés au lavage ou aux cardes. Le lot 2486 est même complétement terminé depuis samedi dernier, à part quelques bobines. — Nous tenions seulement à vous faire constater que nous n'avions plus de laines fines et que, de ce qu'un lot était aux machines, il ne s'en suivait pas que vous deviez avoir aussitôt la facture.

Agréez, Messieurs, nos salutations sincères.

P. J. LAMY ET Cᵉ,

E. MOUILLON.

Tourcoing, le 1ᵉʳ Juin 1872.

Messieurs LORTHIOIS Frères,

en ville.

Nous voyons que nous n'avons pas répondu à votre lettre du 27 mai courant.

Ainsi que nous vous l'avons dit, et fait dire, nous n'avons plus de laines fines à mettre aux machines pour votre compte. Vos derniers lots se terminent et ils vous seront expédiés courant de la semaine prochaine. Nous n'admettons nullement vos prétentions d'indemnité, et nous nous sommes expliqués trop de fois à ce sujet pour que nous ayons la pensée d'y revenir aujourd'hui.

Votre recommandation concernant les matières étrangères nous semble au moins étrange; nous n'avons jamais mis, ni pour vous ni pour d'autres, de matières étrangères dans les laines qui nous étaient confiées.

Nous ensimions nos laines de la manière que nous vous avons fait connaître et que nous persistons à croire être celle de tous les peigneurs; mais sur la demande que vous nous avez faite il y a quelque temps de ne plus employer ce mode de graissage pour vos laines, nous avons employé exclusivement l'huile de Malaga. — Il nous semble pourtant que notre parole a encore une certaine valeur.

Agréez, Messieurs, nos sincères salutations.

J. LAMY ET Cie.

Tourcoing, le 4 Juin 1872.

Messieurs J. LAMY et Cie,

en ville.

Votre lettre du 1er courant par laquelle vous répondez à la notre du 27 mai nous surprend, d'abord en ce sens qu'elle semble ignorer que le 30 mai vous y aviez déjà répondu par une lettre non-datée il est vrai, et signée de M. Mouillou. Mais elle nous surprend surtout par votre prétention relative à l'indemnité que vous nous devez. Vous savez aussi bien que nous qu'elle nous est due, et pour qu'il soit inutile d'y revenir davantage, nous nous occupons d'en dresser l'état en conformité avec nos conventions, bien décidés de prendre les mesures nécessaires à la défense de nos intérêts.

Nous regretterions si nous devions pour cela en venir à des extrémités; mais nous préférerions rompre avec votre maison, plutôt que de vous laisser manquer à des engagements aussi formels et aussi importants.

Si votre mémoire vous fait défaut et si vous croyez avoir quelques droits d'en arrêter l'application, veuillez nous le dire avant jeudi prochain 6 courant, car nous vous ferons signifier notre compte ce jour-là.

Nous avons à vous déclarer aussi que, si, plus tard, des peignés venant de chez vous nous exposaient à des revendications de la part de nos acheteurs pour mélange de matières étrangères, glycérine ou autres, nous fesons toutes nos réserves sur ce point, et nous conserverons tout notre recours contre vous ; vous deviez nous fournir un peigné loyal et marchand, et nous attestons de la manière la plus formelle que vous ne nous avez jamais fait connaître que vous introduisiez dans votre peigné de la glycérine ou d'autres matières compromettant la loyauté de la marchandise ; vous nous avez au contraire toujours déclaré et promis avant tout un peigné loyal et marchand et que vous vous rendiez responsable de tout, s'il ne l'était pas. Du reste, les termes mêmes de notre marché sont formels et exprès ; nous ne l'aurions jamais conclu sans cela.

Veuillez donc nous accuser réception de la présente et nous dire que nous sommes d'accord, faute de quoi nous dresserons un compte d'indemnité en compte courant, sous les réserves énoncées ci-dessus, et nous prendrons toutes les mesures que nous jugerons nécessaires.

Recevez nos sincères salutations.

LORTHIOIS frères.

Tourcoing, le 9 Juin 1872.

Messieurs LORTHIOIS frères,

en ville.

Ainsi que notre sieur Demaret vous l'a dit, Messieurs, nous ne trouvons nulle part la justification de l'indemnité de 15000 fr. que vous nous réclamez et nous disons surtout qu'elle est exagérée.

Cette indemnité a trait, dites-vous, aux divers retards que vous avez subis dans la réception de vos peignés, et pour l'établir, vous invoquez le marché conclu entre nous.

Il ne faut pas que ce marché a été modifié plusieurs fois pour nos convenances réciproques, et que, d'un autre côté, cette demande d'indemnité plusieurs fois abandonnée, n'est reprise par vous qu'à l'occasion d'une livraison totale qui devait vous être faite à fin février et qui, bien que fournie en grande partie à cette date, n'a été complétée que dans les premiers jours de mars.

Est-ce là, nous vous le demandons, un motif suffisant pour baser une réclamation du genre et de l'importance de celle que vous nous faites en ce moment?

Et puis, ne vous avons nous pas donné les mois suivants (mars et avril) tous les peignés que comportait votre stock ici?

N'est-ce pas aussi en nous faisant remarquer que vous n'usiez pas, selon vous, des droits que vous donnait notre marché, et en nous promettant la continuation de nos rapports, que vous nous avez imposé, en quelque sorte, le dernier achat de peignés que nous vous avons fait?

Vous nous demandez aussi, ne l'oubliez pas, une indemnité en vertu d'un contrat que vous n'exécutez pas vous-même et depuis longtemps.

Où est l'alimentation que vous deviez nous fournir?

Voyez donc si, depuis trois mois, vous nous avez mis à même de fournir les quantités desquelles vous vous prévalez.

Vous savez bien que nous manquons de laines depuis longtemps, et que, malgré toutes nos demandes, tant verbales qu'écrites, nous n'avons pas, à l'heure qu'il est, un kilo de laine fine à peigner pour vous.

Etudiez la situation de nos comptes matières chez nous ; — voyez ce qu'elle est depuis longtemps — voyez ce qu'elle est aujourd'hui, et dites-nous si nous n'avons pas le droit de vous dire, à vous aussi, Messieurs : Vous n'avez pas exécuté vos engagements...

Et puis, quelles sont vos intentions actuelles? Le marché que vous invoquez n'expire que le 18 juillet. Entendez-vous le continuer, et nos sollicitations resteront-elles toujours sans résultat?

Allez-vous nous remettre de nouveaux lots ? Il est indispensable que nous soyons fixés à cet égard.

Pour nous résumer, Messieurs, nous vous disons que, pas plus que vous, nous n'aimons les procès. — Nous ne faisons que les subir.

Nous voulons aussi conserver avec vous nos bonnes relations et pour cela, et malgré les motifs que nous venons de déduire, nous venons vous proposer, à titre de transaction, 7500 francs, à la condition que cette somme sera payée en façon de peignage et en dehors des lots en œuvre dans nos ateliers.

Veuillez bien nous dire si nous sommes d'accord, nous vous offrons, Messieurs, nos salutations cordiales.

J. Lamy et Cie.

P. S. — Il est bien entendu que cette offre de 7500 fr. n'est faite qu'à titre de conciliation et que vous ne pourriez vous en prévaloir en cas de non-acceptation de votre part ou de procès.
Ceci à titre de réserve formelle.

J. Lamy et Cie.

Tourcoing, le 10 Juin 1872.

Messieurs Jules Lamy et Cie,

en ville.

En réponse à votre lettre du 9 courant, nous nous contenterons de vous dire que vous êtes tout-à-fait hors du vrai en prenant pour base de votre argumentation le chiffre de quinze mille francs qui nous serait dû pour indemnité par suite de vos retards.

La somme sera réglée d'après nos conventions, et vis-à-vis de votre contenance, nous n'avons plus qu'à réclamer la stricte exécution de nos droits.

Veuillez agréer, Messieurs, nos salutations sincères.

Lorthiois Frères.

Tourcoing, le 11 Juin 1872.

Messieurs Lorthiois Frères,

en ville.

Nous sommes en possession, Messieurs, de votre lettre d'hier.

Nous avons dit et nous répétons que, vendredi dernier, votre sieur Floris a demandé 15000 francs d'indemnité à notre sieur Desmaret, et qu'il avait été convenu que notre réponse vous parviendrait pour hier matin.

C'est cette réponse que vous portait notre lettre du 9 courant, en vous offrant pour en finir de couper la paille en deux.

La proposition ne vous convenant pas, nous venons, pour éviter les froissements et les embarras d'un procès, vous proposer un arbitrage amiable.

Si nous allons devant les tribunaux, des arbitres seront nommés. — Ne vaut-il pas mieux les nommer nous-mêmes ?

Nous attendons votre réponse et vous offrons nos salutations sincères.

J. Lamy et Cⁱᵉ.

Tourcoing, le 11 Juin 1872.

Messieurs J. Lamy et Cⁱᵉ,

en ville.

Nous vous confirmons notre lettre d'hier.

Nous sommes occupés à dresser, d'après nos conventions, les comptes de l'indemnité qui nous est due ; et malgré qu'il ne soit pas encore terminé, nous devons vous dire que la somme approchera, dépassera peut-être, cent mille francs, et, à titre de renseignement, qui vous fera voir que cette évaluation (qui sera remplacée, dans une heure ou deux, par le compte définitif) est dans la vérité, voici, inclus, une petite note de ce qui regarde le seul marché du seize octobre dernier. Rien que pour ce contrat, spécial et distinct de celui du mois de septembre et minime en regard de celui-ci, l'indemnité est de 14300 fr. Comme nous l'avons dit hier, nous n'avons plus qu'à agir; et c'est ce que nous nous occupons de faire : demain vous recevrez les sommations d'usage.

Nous regrettons cette issue fâcheuse à nos marchés, d'autant plus que vos retards, en nous empêchant de réaliser notre marchandise en temps opportun, nous causent un préjudice de cent cinquante mille francs.

Nous vous présentons, Messieurs, nos sincères salutations.

LORTHIOIS Frères.

Tourcoing, le 6 Juillet 1872.

Messieurs J. LAMY ET Cⁱᵉ,

en ville.

Nous avons l'honneur de vous remettre sous ce pli votre compte courant au 30 juin dernier et balançant en notre faveur comme suit :

1° Par une somme, valeur 30 juin, de fr.	42,423,35
2° » » » 17 » »	67,000,00
	109,423,35

Vous nous obligeriez de nous couvrir au moins de la première de ces deux sommes par de prochaines remises.

Dans le cas, où vous n'en auriez pas de disponible, nous prendrons la liberté de disposer sur votre caisse pour la somme de fr. 43059,70 au 30 septembre, comme suit :

Solde 1° au 30 juin.	42423,35
Intérêt 1 1/2 % au 30 septembre	636,35
	43059,70

Le solde 2° fera l'objet d'un réglement spécial, à moins que vous ne préfériez nous en régler dès-maintenant.

Sauf avis contraire d'ici au 12 courant, nous ferons présenter à votre acceptation notre traite susdite, ayant besoin de rentrées pour ce jour-là.

Nous vous présentons, nos salutations sincères.

P. Lorthiois frères,

H. BÉSÈME.

Tourcoing, le 1er Août 1872.

Messieurs J. Lamy et Cie,

en ville.

Nous venons de nouveau vous rappeler les lots 2488 et 2489 que vous avez à peigner depuis le milieu du mois de mai.

Les retards que vous mettez à nous livrer ces lots ne sont justifiés par rien, et nous vous prions de nous en faire la livraison immédiatement, sans quoi nous devrons vous assigner en dommages-intérêts.

Veuillez nous fixer par un mot remis au porteur, et agréez nos saluts sincères.

P. Lorthiois frères,

H. BÉSÈME.

Tourcoing, le 21 Août 1872.

Messieurs Jules Lamy et Cie,

en ville.

Nous avons votre lettre d'hier, par laquelle vous nous remettez un relevé sur lequel nous ne sommes pas d'accord.

1° Les rectifications de 16,45 et de 4 fr. n'ont pas été admises par nous.

2° Votre facture du lot 2487 *bis* est erronée ; vous l'avez comptée à 60 c. ; ce peigné ne devait être compté qu'à 50 c., comme vous l'avez reconnu du reste à vos factures 2489 et 2488.

Nous avons donc déduit de cette facture

10 c. sur 68124,9, soit   681,29
Moins escompte 1 1/2 %.   10,29   } 671   »

Enfin, nous ne pouvons faire de réglement de vos factures dans la position où nous sommes vis-à-vis de vous ; vous savez que vous nous devez d'autres sommes importantes, et qu'un procès est pendant pour que nous en obtenions le paiement ; vous trouverez donc tout naturel que nous ne fassions aucun paiement dans cet état de choses.

Nous sommes d'accord sur le post-criptum par lequel vous exprimez de nouveau vos réserves pour les conditionnements ; il demeure bien entendu que, aussitôt le peigné de vos lots liquidés, nous vous remettrons un compte des pertes ou bonifications avec toutes les pièces justificatives, et que la différence sera réglée en faveur de qui il appartiendra.

Nous vous confirmons donc toute notre correspondance du mois de juillet, et vous présentons nos salutations sincères.

Pour LORTHIOIS Frères,

H. BESÈME.